Le chien de Brisquet

ISBN : 2-08-162927-5 - ISSN : 0993-7897
Imprimé en France par Aubin Imprimeur, Poitiers - 04-1992
Flammarion et Cie, éditeur (N°16745)
Dépôt légal : mai 1992 - N° d'impression P38825
Loi n° 49-956 du 16 juillet 1949
sur les publications destinées à la jeunesse

Le chien de Brisquet

texte de
Charles Nodier

illustrations de
Ar Roué

Castor Poche
Flammarion

En notre forêt de Lions, vers le hameau de La Goupillière, tout près d'un grand puits-fontaine qui appartient à la chapelle Saint-Mathurin, il y avait un bon homme, bûcheron de son état, qui s'appelait Brisquet, ou autrement le fendeur à la bonne hache, et qui vivait pauvrement du produit de ses fagots, avec sa femme qui s'appelait Brisquette.

Le bon Dieu leur avait donné deux jolis petits enfants, un garçon de sept ans qui était brun, et qui s'appelait Biscotin, et une petite blondine de six ans qui s'appelait Biscotine.

Outre cela, ils avaient un chien bâtard à poil frisé, noir par tout le corps, si ce n'est au museau qu'il avait couleur de feu ; et c'était bien le meilleur chien du pays, pour son attachement à ses maîtres.

On l'appelait la Bichonne,
parce que c'était une chienne.

Vous vous souvenez du temps où il vint tant de loups dans la forêt de Lions. C'était dans l'année des grandes neiges, que les pauvres gens eurent si grand-peine à vivre. Ce fut une terrible désolation dans le pays.

Brisquet, qui allait toujours à sa besogne, et qui ne craignait pas les loups, à cause de sa bonne hache, dit un matin à Brisquette :

– Femme, je vous prie de ne laisser courir ni Biscotin, ni Biscotine, tant que Monsieur le grand-louvetier ne sera pas venu. Il y aurait du danger pour eux. Ils ont assez de quoi marcher entre la butte et l'étang, depuis que j'ai planté des piquets le long de l'étang pour les préserver d'accident. Je vous prie aussi, Brisquette, de ne pas laisser sortir la Bichonne, qui ne demande qu'à trotter.

Brisquet disait tous les matins la même chose à Brisquette.

Un soir, il n'arriva pas à l'heure ordinaire.

Brisquette venait sur le pas de la porte, rentrait, ressortait, et disait, en se croisant les mains :

– Mon Dieu, qu'il est attardé !...

Et puis, elle sortait encore en criant.

– Eh ! Brisquet !

Et la Bichonne lui sautait jusqu'aux épaules, comme pour lui dire :

– N'irai-je pas ?

– Paix ! lui dit Brisquette.

– Écoute, Biscotine, va jusque devers la butte pour savoir si ton père ne revient pas. Et toi, Biscotin, suis le chemin au long de l'étang, en prenant bien garde s'il n'y a pas de piquets qui manquent. Et crie fort : "Brisquet ! Brisquet !..." Paix ! la Bichonne !

Les enfants allèrent, allèrent, et quand ils se furent rejoints à l'endroit où le sentier de l'étang vient couper celui de la butte :
– Mordienne, dit Biscotin, je trouverai notre pauvre père, ou les loups m'y mangeront.
– Pardienne, dit Biscotine, ils m'y mangeront bien aussi.

Pendant ce temps-là, Brisquet était revenu par le grand chemin de Puchay en passant à la Croix aux ânes sur l'abbaye de Mortemer, parce qu'il avait une hottée de cotrets à fournir chez Jean Paquier.

– As-tu vu nos enfants ? lui dit Brisquette.

– Nos enfants ? dit Brisquet. Nos enfants ? Mon Dieu ! Sont-il sortis ?

– Je les ai envoyés à ta rencontre jusqu'à la butte et à l'étang, mais tu as pris par un autre chemin.

Brisquet ne posa pas sa bonne hache. Il se mit à courir du côté de la butte.

– Si tu menais la Bichonne ? lui cria Brisquette.

La Bichonne était déjà bien loin. Elle était si loin que Brisquet la perdit bientôt de vue. Et il avait beau crier :

– Biscotin ! Biscotine !

On ne lui répondait pas.

Alors, il se prit à pleurer, parce qu'il s'imagina que ses enfants étaient perdus.

Après avoir couru longtemps, longtemps, il lui sembla reconnaître la voix de Bichonne. Il marcha droit dans le fourré, à l'endroit où il l'avait entendue, et il y entra, sa bonne hache levée.

La Bichonne était arrivée là, au moment où Biscotin et Biscotine allaient être dévorés par un gros loup. Elle s'était jetée devant en aboyant, pour que ses abois avertissent Brisquet. Brisquet, d'un coup de sa bonne hache, renversa le loup roide mort, mais il était trop tard pour la Bichonne.

Elle ne vivait déjà plus.

Brisquet, Biscotin et Biscotine rejoignirent Brisquette. C'était une grande joie, et cependant tout le monde pleura. Il n'y avait pas un regard qui ne cherchât la Bichonne.

Brisquet enterra la Bichonne au fond de son petit courtil sous une grosse pierre sur laquelle le maître d'école écrivit en latin :

«C'est ici qu'est la Bichonne,
le pauvre chien
de Brisquet.»

IBI
REQUIESCIT
BICHONNE
BRISQUETIS
PAUPER
CANIS

Et c'est depuis ce temps-là
qu'on dit en commun proverbe :
«Malheureux
comme le chien à Brisquet,
qui n'allit qu'une fois au bois
et que le loup mangit.»